KB150883

아무렇게나, 쥐똥나무

시인의일요일시집 **025**

아무렇게나, 쥐똥나무

초판 1쇄 펴냄 2024년 2월 28일

지 은 이 박길숙
펴 낸 이 김경희
펴 낸 곳 시인의일요일

표지·본문디자인 노블애드
경영지원 양정열

출판등록 제2021-000085호
주   소 경기도 용인시 기흥구 연원로42번길 2
전   화 031-890-2004
팩   스 031-890-2005
전자우편 sundaypoet@naver.com
블 로 그 https://blog.naver.com/sundaypoet

ISBN 979-11-92732-16-9 (03810)

값 12,000원

부산광역시 BUSAN METROPOLITAN CITY 부산문화재단 BUSAN CULTURAL FOUNDATION

* 이 시집은 2024년 부산광역시, 부산문화재단 <부산문화예술지원사업>으로 지원을 받았습니다.

아무렇게나, 쥐똥나무

박길숙 시집

시인의
일요일

버섯이 식물이라 믿고 자랐다
나중에
곰팡이라는 사실을 알았을 때 나는 조금
유해해졌다
꽃이 필 거라 믿었는데 신뢰에 금이 갔다
무해한 곰팡이가 버섯처럼 자랐다
조금은 나쁜 사람이 되겠습니다
시를 쓰며 내 뺨을 때렸다
아무리 때려도 속이 후련해지지 않았다

차 례

1부

2부

3부

1부

월요일이 어떨까

새가 날아오르는 것은 그들의 상상력 때문

타고 있던 버스에서 내려야 한다 꿈인 줄 알지만 내려야
한다 창을 깨서라도 꿈에서 뛰어내린다

오줌이 마려워 잠에서 깼다 꿈에서도 젖는 것은 무서우
니까
젖은 바지와 젖은 팬티, 호되게 나무랄 엄마가 없다는 사실
바람은 춥겠다 서로를 껴안아도 춥겠다 양팔로 나를 감싸
도 내가 추운 것처럼

우리는 같은 계절에 태어났지만 당신은 다른 계절에 떠났다

밤새 몸을 잃은 이름이 수북하다
이름을 두고 죽어 버린 당신을 뭐라 불러야 할까
우는 새에게 이름을 지어 준다 새는 분명 붉은 부리를 가
졌을 것이다
울다 울다 허공을 쪼았을 것이다

새가 날아오르지 못하는 것은 어제 이미 죽어 버렸기 때문

월요일이 어떨까
이름을 버리는 날이
상상력을 잃고 빈 화분이 되어 보는 것이
이름은 이름끼리 악수하고 서로 암내를 참아 내며 길 위
를 뒹굴 때
껍질로 남아 바닥을 견뎌 보는 것이
조용히 나를 벗어 두는 날이

우리는 다른 계절에 헤어졌지만 같은 계절에 다시 태어
난다

아무렇게나, 쥐똥나무

나는 아무렇게나 피고 아무렇게나 흐드러져요
길바닥에 퍼질러 앉아 아무렇게나 울어도
아무도 쳐다보지 않아요
나무와 나는 46개 염색체를 가진 같은 혈족
기침은 마른 잎에서 툭툭 튀어나오고
거미줄은 바람에 덫을 놓아요
여기는 내가 사는 나무
뿌리보다 깊은 어둠이 사는 방
창문 밖에는 뿌리들만 걸어 다니고
암모니아 섞인 냄새는 방울방울 쏟아져요
발이 많은 말이 사방팔방 뛰어다녀요
나는 가만히 주저앉아
고삐 풀린 생각을 동그랗게 빚어요
우리는 같은 혈족 다른 생각
깍지벌레는 많은 무릎으로 기어가요
각기 다른 생각을 하는 저들의 구호
숲 가장자리에 도착할 때까지
꿈에 가까워지기도 하고 멀어지기도 해요

나는 무릎을 끌어당겨요
신발도 없이 자꾸 벋나가는 생각
내 발톱을 깎아 땅속에 묻어요
잔가지는 창밖만 바라보고 있어요

나의 우주선

아침 껍질을 자른다 둥글고 길게 자르면 나선 계단처럼
오전이 깊어진다

누수를 앓던 방은 새 벽지를 발라도 얼룩이 남는다
일어날 일은 각질처럼 일어나고 짝이 없는 양말과 2002
수정머리방 개업 축하 수건은 버려야 한다 이가 빠진 스타
벅스 머그잔과 목이 늘어난 면티까지

주인이 방을 비우라고 전화가 왔다 우유가 담겨 있던 유
리병에 주워 온 스위트하트 고무나무 가지를 꽂았다 빨간
배스킨라빈스 리본을 묶어 주니 선물이 된다 쓰레기봉투는
점선을 초과하고 스카치테이프로 두 번 세 번 밀봉한다 완
벽한 쓰레기다 나는 버릴 타이밍을 놓쳤고 나무는 뿌리 내
릴 타이밍을 잡았다 주인이 병을 비우라고 재촉한다

상자에 젖은 기분을 구겨 넣는다 버리지 못한 시집과 사
이즈가 맞지 않는 헬멧과 함께

나는 우주선에 가만히 누워 지나가는 구름을 본다 빛의
속도로 지나가는 영희와 민수의 미래를 본다 엄지와 검지로
코딱지를 굴린다 우주선 끝까지 빛처럼 쏘아 올린다

마지막 택배는 이 깊은 오전에 도착하지 않았다 새 주소
지는 저 높은 밤이라고 써야겠다

저수지

입이 넓은 접시를 오므리면 속 깊은 항아리가 됩니다 얄고
넓음이 깊고 좁음이 될 때까지

일력처럼 쉽게 뜯어지는 마음을 가진 나무
저수지 곁에 서 있습니다
그 곁으로 가기 위해 나뭇가지를 펼칩니다
물결의 감정을 따라 읽던 청둥오리 한 마리 앉았다 갑니다
그와의 이별에는 점성이 없습니다
길 잃은 딱정벌레가 쉽게 올라오도록
피목을 틔우고 옹이를 새깁니다
나무의 결정이 아닙니다 물에 다다르기 위한 대가입니다

저녁은 겨울의 또 다른 말
때를 놓친 것들은 말라 가고 노랑어리연꽃은 색을 잃습니다
어미 잃은 가마우지 한 마리
깊고 단단해진 그림자가 되어 스며듭니다
실루엣을 삼킨 물살은 동심원으로 퍼져 나갑니다
누가 깊은 물 안에 제방을 쌓았을까요

그림자가 떠오르고
깊고 좁은 저녁이 넓게 펼쳐집니다
나무 그림자 위로 눈발이 새 떼처럼 군무를 펼칩니다

마음을 다 떨군 다음에야
비로소 저수지가 자신에게 온 것임을
나뭇가지에 죽은 새들이 앉아서 들려줍니다
뿌리부터 차고 올라오는 이 지독한 사랑 얘기를

저수지를 펼치면 팝업북처럼 튀어나오는 나무 한 그루
물 안에 삽니다, 죽은 새는 날아가지 못하고

마지막 눈을 기억하는 이는 아무도 없습니다
이 길에는 첫눈 냄새가 납니다

빌린 정원

옆집 원규네 고양이가 담을 넘는다 나비라는 이름을 넥타이처럼 매고

난간에 걸터앉아 빛을 그러모은다 빛을 놓친 손등을 핥다가 사타구니를 핥는다

시폰 원피스를 입은 빛이 가만히 내려앉자 난간 돌무늬에 집중한다

나비가 솟아오른다 붉은 옷자락을 입에 물고 잽싸게 달아난다

원규가 운다

나는 오월의 달력으로 만든 상자에서 귀뚜라미를 꺼낸다

여치를 꺼낸다 날개를 뗀 곤충들을 모두 쏟아 낸다

원규가 운다 구멍 난 잠자리채를 두 손에 꼭 쥐고

1층 원 상사네 마당에는 감나무가 있다 연못이 있는데 물고기는 없다

감나무는 푸르다 잎도 열매도 의심도 푸르다

종종 옆집 담장을 넘보며 2층 우리 집까지 손을 뻗는다

원 상사네 할머니는 아주 큰 울화통을 지녀 큰 소리를 지

른다

  언 놈이 생감을 다 따 버린겨? 이 우라질 놈들, 손모가지를 잘라
담벼락에 하나하나 꽂아 버릴껴!

  나무에 앉아 있던 새가 놀라 똥을 지리며 날아가고 팔을
뻗던 나무는 슬멋 새끼손가락부터 거둬들인다 원규네 나무
창이 덜컹덜컹 닫힌다

  나비는 돌아오지 않고 오후의 배경에 서 있던 엄마는 젖
은 수건을 탈탈 턴다

  물방울 하나가 반짝 날아올랐다

브로콜리 숲으로 가요

누가 내려준 것입니까 여왕이라는 칭호
앞치마를 두르고 카레여왕을 젓습니다
양파는 말이 없고 당근은 길듭니다
브로콜리를 산 채로 집어넣자 양말도 신지 않고 달아납니다
대리석에 얼룩이 남았습니다
무엇으로 지워야 할까요 오늘의 기억은

루마니아산 초록 드레스를 입고
에나멜 붉은 구두를 신습니다
달아난 브로콜리를 잡으러 숲으로 가요
구두 굽은 자라나고
스커트 안으로 모여든 바람에 몸이 날아오릅니다
목주름을 감추려 구름을 두릅니다

구름을 흔들어 눈을 내리면
눈길을 걸어가는 발자국이 있습니다

흰 체육복이 얼굴보다 붉게 물들어 버린 날

휴지 뭉텅이를 돌돌 말아 아랫도리에 꼭 여민 아이
젖은 바지 속에서 불안은 번져 가는데
아이가 지나가는 눈 위에는 동백꽃이 피어납니다

굴 같은 울음을 뭉텅이로 쏟아 내면 악몽은 더 이상 자라
나지 않아

초록 드레스를 벗어 열두 살 어린 나에게 입혀 줍니다

숲에서 누군가 울고 있다면
그건 누구도 아닐 거예요
동백꽃 얼룩 위를 달리고 있는
브로콜리 가쁜 숨소리일 겁니다

밤의 재단사

창문을 열면 밤이 쏟아져요
나는 이 밤을 펼쳐 재단하고 있어요
연분홍 초크를 들고 밤의 경계를 그리죠
점선과 실선이 구분되지 않는 밤
오토바이를 타고 머플러를 달구는 아이들
소리가 뜨거워져도 생은 달궈지지 않는데
밤이슬을 맞는 아이들을 위해 팔과 다리를 싹둑
간편하게 수선해 줘야겠어요
산꼭대기가 태생인 가로수는 탈출하는 게 쉽지 않아요
취객은 택시에서 나무까지 긴 시침질로 게워 내고 있어요
미터기를 끄고 에이— 씨발을 연발하는 기사는
발판에 묻은 토사물을 털어 내요
비라도 오면 좋겠어요 오늘의 운세가 흘러내리게
깊은 밤 신호등은 잠정 휴업 중이고
몇몇 사람들은 목을 매달아요
저들의 죽음이 안전하게 담길 수 있게
포켓을 하나 만들어 줘야겠어요 후회가 흘러내리지 않게
창구멍을 내고

밤을 뒤집어 바늘땀이 보이지 않게
이 밤과 아침을 합쳐 가장자리를 겹쳐요
사뜨기를 한 후
밤의 매듭을 지어요

장미와 나침반

내가 당신이라고 믿던 나무는 무슨 나무였습니까
어느 방향으로 날아가던 깃털이었나요

당신을 닮은 사람에게 안부를 건넵니다
웃을 줄밖에 모르는 얼굴을, 닮은 사람이 하고 있습니다
밤새 짖던 강아지는 이름도 없이 사라졌습니다
마을은 밤에 잠기고 모기장 사이로 별빛만 뚫고 들어옵니다
열쇠를 잃어버린 기억으로는 아무 데도 갈 수 없습니다
인제 그만 가벼워지기로 했나요
(이건 한순간이야)
닮은 사람 손을 내 가슴에 갖다 댑니다
목적을 잃은 이 진동은 어디로 울려야 할까요
내 슬픔에 내 발이 걸려 넘어집니다
(그건 장난이었어, 무를 수 있는 농담 같은 거)
깨진 심장이야 훌훌 털어 붙일 수 있지 않겠습니까
찢어진 표정이야 바늘로 꿰매면 되지 않겠습니까

나는 당신에게만 향해 있었다는 것을 기억해 주세요

젖은 깃털이 나무에 매달려 있습니다
어디로 날아야 할지 모르고 자성을 잃은 채 말이죠

지미니 크리켓

양심의 소리는 어느 쪽에서 날까?
내가 귀머거리면 어떻게 되는 거지?
오른발 왼발 발맞추다 박자가 헷갈리면?
계단은 내 발을 기다려 주지 않는데
나뭇결대로 얼굴이 깎여 버리면?
질문에 질문을 더하면 답은 없어

파도 소리는 오른쪽에서 나고
여름이 다 가도록 파라솔은 접히지 않네
연인들은 추위가 필요하지
아이스크림 가게는 계절을 속이고
바다에 발을 적셔 본 사람은 빠르게 후회하지
겨울은 내게 어울리는 계절
내 웃음을 꽈배기처럼 꼬아 스웨터로 입어
누군가 나를 툭 쳐도
꽈배기는 풀리지 않아
나는 단단한 속임수를 가졌거든
접히지 않는 지붕처럼

녹지 않는 걸음을 가졌다네

지미니 크리켓, 모자를 벗어 줄래?
나는 짧아지는 다리를 가졌다네
양심도 없이 사랑을 고백하다
당나귀가 되고 말지
실연한 당나귀는 니코틴 중독자
여우와 고양이에게 속아 목매달아 죽지
죽음은 끝이 아니야
다리는 다시 자라
사랑스러운 통나무 어린이가 되지
나는 죽지 않는 불멸의 옴므
너는 죽지 않는 불멸의 양심

계단도 없이 오르내리는
죽지 않는 아이, 살아 있지도 않은 아이
그래서 난 태어난 적도 없지

모호로비치치의 연설문

우리는 지구 안에 사나요? 어떻게 지구를 열고 들어갈 수 있죠? 설마, 지퍼는 아니겠죠? 잠금장치의 비밀번호는 어떻게 됩니까?

모호로비치치가 떠나기 전 사람들은 플래시를 터트리며 질문을 쏟아 냈다. 자리에 앉으세요. 질문은 녹지 않는 것만 받겠습니다. 유동성이 있는 것은 이곳에 세울 수 없습니다. 주의사항을 숙지한 분들만 질문해 주세요.

모호로비치치의 검은 슈트에 어울리는 금장 단추 하나가 왼쪽 소매 끝에서 달랑거렸다. 구름은 불안했고 어디에도 닻을 내릴 수 없었다. 아무도 타지 않던 배의 예약은 이미 끝났다. 모호로비치치가 콧수염을 매만지며 낮지만, 힘 있는 어조로 읽어 나가기 시작했다.

여러분, 우리의 녹는점이 낮아지고 있습니다. 생각은 옅어지고 서로가 구별할 수 없을 만큼 닮아 가고 있습니다. 일인칭의 언어는 사라지고 쓸모를 다한 눈금은 지워지고 있습니다. 속눈썹과 손톱만 남아 보트 위에 표류하게 될 것입니다. 각자 떨어져 있어야 합니다. 경계해야 합니다. 우리는 불연속적이어야 하며 술에 취해 어깨동무해서도 안 됩니다. 종국에 상대를 나라고 느끼며 견디지 못할 온도에 다다를 것입니다. 책을 펴지 마십시오. 꿈을 꾸지 마세요. 오른쪽으로 돌아가는 시계의 방향성을 믿지 마십시오. 각자 주어에 밑줄을 긋고 자신에게 질문을 던져야 할 때입니다.

모호로비치치가 A4용지를 반으로 접고 돌아설 때 단추 하나가 떨어져 녹고 있었다.

자작나무와 유리병

눈이 내려도 젖지 않는 이 방에는
자작나무 한 그루가 서 있습니다
나무는 안쪽으로 질문을 던집니다
깊고 좁은 물관을 따라
질문은 바닥에 닿아 터집니다
나무는 압니다 대답이 없다는 것이 얼마나 쓸쓸한 것인지를

누가 이 방에 나무를 심었을까요
맨발로 나무 곁에 섭니다 나를 따라 눈이 내립니다

냄새를 맡고 몰려드는 계절풍에는
수천 개의 혀가 있습니다
나는 솟아오른 얼음이 됩니다
나를 핥지 마세요
핥으면 핥을수록 달콤해지는 유혹
에스키모가 늑대를 잡듯 바람을 포집할지 몰라요
바람의 몰살에는 흔적이 없습니다

빈 유리병 안에 햇볕을 담습니다
뾰족한 모서리가 녹아내릴 때까지
초록 심장에서 싹이 틀 때까지
눈, 바람, 숲을 묶습니다
투명한 바람이 출렁입니다
ㄹ이 날아간 자리
병 안으로 들어가 앉아 가만히 뚜껑을 닫습니다

방 안에는
눈에 묻혀 버린 자작나무가 있습니다
은빛 눈물이 온통 얼어
겨우 뿌리만 남았다지요
눈, 바 놈, 숲을 담은 깨진 유리병이 있습니다
유록의 빛이 온통 흘러내리고 있는,

방범창

작은 창에는 창살이 있네

우리 대화가 새어 나가지 못하게

언덕 위 허물어지는 해바라기가 있네

언니야 나 저 꽃이 갖고 싶어

언니는 언덕을 붙잡고 시든 해를 꺾어 오네

언니가 만든 빨래집게가 양은 밥상 위 시간을 붙잡고 있네

돈 많이 벌면 예쁜 엄마와 친절한 학교를 사 줄 테야

은색 고리로 은귀걸이를 만들고 빨간 집게로 비행기를 만들지

파란 집게를 연결하면 기차처럼 시간은 늘어지네

얼룩, 얼룩, 울 언니는 자주색 가죽가방

언니가 새로 생긴 무늬를 보여 주며 스케치북을 내미네

괜찮아, 아프지 않아

나는 창에 기대어 침을 뱉지

나보다 먼저 무럭무럭 자라는 창살

파스텔 색깔이 곱게 퍼진 눈 위로 찢어지지 않기 위해 물이 드네

언니의 낮달이 눈썹처럼 걸렸네
나는 까만 크레파스로 검은 달을 만드네
판다가 된 언니, 웃네 울 언니가 웃네
해를 꺾어 시든 밤
언니는 지퍼를 열고 나를 담네

상자들

1
달이 벨을 울리네
넌 상자에서 태어난 인형
열일곱 살 엄마는
겁도 없지 아니 겁이 많지
예쁘다 안아 주지 않을래
귀엽다 까부르지 않을래
피와 살이 없는 너는 마론 인형
아무나 보고 웃네 아무나 봐도 우네
태어나지 않은 네 이름을 두 손에 꼭 말아 쥐고
기다리네 배꼽이 생길 때까지
옷도 부끄러움도 온통 없는 것들만 가득 찬 상자
어린 엄마가 머리핀으로 네 울음소리를 묶어 버렸지

2
내 몸은 항상 겨울이에요
딱딱한 관절, 벗겨지는 구두를 신어요
나는 바닥부터 알아채는 눈치 빠른 인형

사과 상자를 잘라다 집을 만들어 주세요

나무는 나무 냄새가 나고

갓 배달된 신문에서는 석유 냄새가 나요

나한테 무슨 냄새가 나지 않나요?

발가벗겨져도 부끄럽지 않아요

성대를 울리지 않는 내 허밍

사람들은 내 머리부터 감기고 빗질이 안 되는 머리칼에 금방 싫증 내고 말아요

나는 곧 버려질 운명

그건 명찰처럼 달려 있어요

계단도 없이 빠져나가는 사과 궤짝의 폐허

날카로운 이빨을 가진 골목은 내 머리부터 물고 달아날지 몰라요

나한테 무슨 수상한 소리가 나지 않나요?

가족사진

흘어지지 않기 위해 사진을 찍습니다
기념이라는 건 철책 같은 것이죠
철조망을 뛰어넘는 양 한 마리는 어디나 있죠
양은 달아나고 털 뭉치만 남아 구름이 됩니다
구름 속에서 만들어지는 결정結晶
그것이 비든 눈이든
푸드덕거리는 깃털 틈으로 비집고 내립니다
눈을 맞고 있는 비둘기는 눈사람이 될 수 없어요
눈 비둘기, 눈 비둘기, 눈 비둘기
사진사는 능숙하게 채찍을 휘두릅니다
왜 울면 안 되는 것입니까?
기념은, 봄 끝에 걸터앉은 꽃이라고요
조련사는 여분의 봄을 위해 자꾸 웃으라고 합니다
당근을 주셔야죠
오렌지빛 당근은 웃음을 길들이거든요
우리는 담벼락을 넘어가는 능소화
최소한 같은 곳을 보고 잇몸을 드러내지 않아요
자, 여기를 보세요 하나, 둘,

2부

송호리

여름이 끝났어 이제 돌아가야 해

파라솔을 접으며 너는 말한다

마른 모래는 멀리 젖은 모래는 발아래 떨어진다

챙이 넓은 모자를 쓴 관광객이 바다와 해송과 아이를 찍는다

언제 또 부풀어오를지 모를 주황 튜브와 함께

사각 프레임 안으로 나무와 하늘과 백사장이 잘린다

각자 여름으로 들어간다

옆집 고양이가 죽었대 그런데 슬프지 않아 나는 고양이의 마음을 이해하지 못했으니까

바다와 백사장을 나는 호치키스처럼 붙잡고 있다

가만있어 움직이지 말고

마음이 완성되기까지 시간이 필요한 걸까 포기가 필요한 걸까

여름이 가면 잘린 바다와 모래 사이가 벌어질 것이다

송호리에서 알궁둥이를 까고 똥을 누던 친구 얘기를 하며 너는 웃는다

나는 하늘과 바다 사이 철심의 마음으로 이 계절을 붙잡고 있을 나무를 생각한다

우리의 송호리는 같은 곳에 있었지만 다른 곳에 두고 왔다

월세

물고기 뼈로 지그재그 마루를 깔고
박공지붕 천장을 올린다
그네를 하나 달아야지
발이 닿지 않게 내 발의 쓸모를 생각하지 않아도 되게
나는 그네를 탄다
허공에 주파수를 맞추고
지붕이 점점 높아질 때까지 발을 구른다
헤링본 무늬 바닥은 일제히 허물어지고
마루가 없는 지붕이 날아오른다
이 집은 내 집
못을 박아도 소음이 없는 허공의 담

그네가 초승달에 걸렸다
달 위에 앉아 지붕을 바라본다
때를 놓친 길고양이는 허공을 보는 일이 잦다
지붕 위 고양이를 올려 두지만
유성우는 고양이를 따라 담 밖으로 달아난다
지붕은 고양이 대신 갸르릉거리고

오래도록 앉아 그네를 탄다
발가락은 점점 투명해지고 있다
지워지는 나를 달에 걸어 두고 오는 길

달이 뜨는 날이면 못을 박아도 되는 집 한 채 갖고 싶다

동창회

소리가 돌아왔다 지구 공전 속도보다 느리게

소리는 낡고 누추했으며 제 자리를 찾지 못해 한동안 서성거렸다

스무 살의 창틀은 자주 덜컹거렸다 낮에도 형광등을 켜둔 방

라이터에 그을린 책상에는 공개 일기장이 펼쳐져 있었다

붉은 볼펜으로 이름을 적고 지우고 또 적었다

창밖 숲에는 정체를 알 수 없는 눈동자가 내부를 엿보고 있었다

캐비닛 뒤에서 입을 맞추고 사랑을 나눴다

조율 안 된 기타로 부르지 못할 노래는 없었다 이루지 못할 이별도 없었다

필통에 담배를 넣어 다니던 친구는 몇 번의 연애담을 술잔에 따라 마셨다

흑기사를 자처하던 남자는 군인이 되었고 다시 돌아오지 않았다

우주는 시작과 끝이 있는 둥근 털실 같아

검지로 깊숙이 내부를 찔러 봐

깊이를 알 수 없는 낭떠러지가 만져지지, 당겨 봐

엉키지 않고 펼쳐지는 밤의 오로라가 시작되는 거야

등받이가 없는 의자에 앉아 보풀이 잔뜩 인 이야기 한 올을 잡아당긴다

38만 년의 별빛이 시간의 껍질을 뚫고 쏟아지고 있었다

밤나무 숲에서 떨어지던 밤송이처럼 툭,

우리는 서로를 엿보던 눈이었음을 고백하던 순간이었다

나도 선인장

나는 안짱다리로 이 길을 딿고 있어요
두 가닥을 가운데로 모아 보지만
길은 나무를 닮았나 봐요 갈라지는 가지처럼
불어나는 족보처럼

선인장을 든 한 무리 할머니들이 보여요
먹구름이 펼쳐지자 후두두 소나기가 쏟아져요
선인장들은 처마 밑으로 모여듭니다
서로를 껴안아도 이제 상처 내지 않을 텐데
손잡는 법을 잊어버린 한때 가시들
뾰족한 습성만 기억한 채 서로를 비껴가는 빗방울들

시계가 없었다면 더 빨리 늙을 수 있을 텐데
분침과 초침이 트랙을 돌 때 발이라도 걸어 줄 걸 그랬어요
목성의 하루는 아홉 시간 오십오 분
금방 늙어 버리는 그곳에서
나는 풀일까요, 빛일까요

무채색의 양말을 신고 이 기분을 딿고 있어요
길어진 발톱은 내버려둬도 돼요
순한 둘째 같으므로
스타킹을 신었다면 금방 풀렸을 이 기분

낯선 골목을 걷는 것은 무섭지만 신나는 일
그림자는 앞서가고
머리카락은 바람에 자꾸 흩어져요
처음 가는 미용실에 앉아
단골처럼 파마를 해 볼까 해요
낯선 얼굴로 새 기분을 갈아 신고서

봄

문 하나가 떨어져 있다
노크를 해도 인기척이 없다
아이가 가지고 놀던 한글 카드를 집어 본다
아까 두드린 노크 소리가 떨어진다
카드를 비행기처럼 날려 버린다

문은 사라지고 곰이 된다
저 곰은 대체 어디에 살던 것일까
두드려도 열리지 않던 문, 아니 곰
뒤에 숨어 있던 곰, 아니 문
문짝을 들고 흔들어야 깨어난 곰, 아니 봄
응달에 숨어 있던
씨앗 하나가 눈을 반쯤 뜬다
까꿍!

달 지는 소리

이노무 가스나 니 오데고? 밤새 어딜 싸돌아댕긴다고 새벽
까정 집을 안 들어오노? 응? 니 뭐하는 가시내고?
　좀 전까지 같이 있다 늦은 외출을 했는데
　해 지는 소리 못 듣고 저녁 온 줄도 모르고
　깊은 꿈을 꾸셨나 거친 잠을 맨발로 지나셨나
　전화기에 대고 욕부터 한다
　나는 밤새 밤과 흘레붙은 집 나간 딸이 되었다가

달 지는 소리에 깨어 쌀을 안친다

당신 마른 발, 바닥 끄는 소리 이제 들리지 않는데
목소리만 내 귀에 살아남아
달 지고 해 뜰 때마다 말 걸어온다

검정 블라우스를 입은 소녀

단추 세 개를 다 채우면 이 시간은 금방 사라질 거예요

어머니 너무 슬퍼 마세요

문밖은 전쟁이에요

안으로 어서 들어가세요

나는 봄을 파는 소녀

군인들은 내 위에 올라선 화르르 봄을 무너뜨리고 있어요

나비가 바덴산 너머 경계에 앉았어요

구름은 시간을 몰고 가고 저녁은 물소리를 내며 내려앉아요

물비린내가 저녁을 물들이고 있어요

아래 단추 두 개만 남았어요

저녁의 수염 위로 고양이가 내려앉아요

균형을 잃은 저녁이 기울어지고 있어요

동쪽부터 깊어지는 저녁의 온도, 이제 단추 하나가 남았어요

아직 블라우스는 다 입지 못했는데 동생들 눈에서 비린내가 나요

나비가 나타나 안대처럼 눈만 가려도 좋겠어요

나는 봄을 파는 처녀, 저녁에도 겨울에도 봄을 팔고 있대요

어머니, 나를 위해서 울지 말아요 마지막 단추를 채울 때까지
달 꼬리를 물고 가는 어둠 속으로
지붕 위 놀란 고양이들이 사라지고 있어요

탕, 타앙, 타아앙

내가 말했잖아요 문밖은 전쟁이라고
어서 문 안으로 들어가세요
이제 단추는 그만 채워도 되겠어요

무릎담요에서 떨어지는 바나나의 속도

내게는 검버섯이 많은 바나나가 있지

어디부터 깔지 고민하지 않아도 쉽게 벗겨지는 바나나 너
무 늙은 바나나

작은 수첩 안에 우주를 만드는 노인

꽃대가 올라오는 속도를 지켜볼 줄 알지

빛과 나무, 유리와 소립자를 사랑하지

그가 사랑하지 않는 사물은 없고 그를 사랑하지 않는 아
침은 없지

그가 말라 가지

얼마나 말라 가는지 바라보는 중이라고 했지

그를 바라보는 창문과 동박새가 있지

뭉텅뭉텅 떨어지는 동백처럼

남은 초록 위에 떨어지는 갈참나무 잎처럼

수첩에서 떨어진 은하들이 무릎 위로 내려앉지

그가 사랑하지 않은 식물은 없고 그를 사랑하지 않은 저
녁도 없지

담요를 벗어나 천천히 벗겨지는 바나나의 속도

스며들지 대기 속으로 은하 속으로 우주를 그리던 모나미 볼펜 잉크 속으로

조용히 번지고 있지

개에게서 소년에게

개가 물어뜯은 하늘은 자줏빛이다
담을 넘는 소년이 있다
목이 늘어난 티와 귀퉁이가 찢어진 삼선 슬리퍼를 신은

해 지기 전 소년은 출몰한다

용감한 졸리를 닮은 희고 큰 개가 소년에게 붙잡혔다
눈이 마주쳐도 짖지 않는다 소년은
긴 털을 양손에 말아 쥐고 눈도 깜빡이지 않고 개를 쳐다
본다
재빨리 개 입을 세로로 벌린다
밑에서부터 끌어모은 침을 뱉는다
오줌 지린 개는 다리 사이에 젖은 꼬리를 숨긴다

해가 지기 전 개는 사라진다

대문이 열린 집이면 무럭대고 들어가 라면을 끓인다
한 입 베어 문 총각김치를 맨 위에 올려 두고 냉장고 문을

열어 둔다

　라면 봉지에서 천사의 나팔이 떨어져도 아무런 인기척이
나지 않는다

　꼭꼭 숨어라 머리카락 보일라
　동네 술래가 되어 소년이 온다
　날개 없이 담벼락을 넘고 젖은 빨래는 몽땅 내동댕이쳐 버
리는

　해피라면은 단종되었고 천사는 나팔을 잃었다
　덜 마른 시멘트 담벼락엔 깨진 소주병이 꽂혔다
　유리병에 난반사되던 빛들과 함께 동네 개들은 사라졌다

　소년이 끌고 간 하늘은 검다 못해 푸르다
　밤이 되도록 빨래는 바람에 펄럭이지 않았다

저녁의 모든 걸음

무거울수록 쳐지는 생각처럼
감나무는 시선이 많은 쪽으로 자란다
이 나무는 몇 번의 출산을 하고
풋감이 붉어질 때까지 얼마나 많은 가슴을 내주었을까
담벼락을 넘어선 생각은 내 것일까 네 것일까

낮은 담이 있는 마당에는 감나무가 있고
나무 아래 원형 테이블이 있다
율마와 라벤더는 서로 허리를 감싸며 기어오른다
감나무를 떠받치는 파라솔 아래
나는 초록이 된다 파라솔은 지붕이 된다

브래지어를 하지 않은 당신 가슴을 본다
젖꼭지가 사라진 가슴은 비대칭의 시간을 끌고 온다
시간은 당신 걸음을 빼앗고 당신은 시간에 넘어지는 연습
을 한다

낮과 밤의 경계를 지우며 바람은 은목서 향을 끌고 온다

아직 익지 않은 감들과 아직 깨물지 않은 젖꼭지들
　소명을 다한 당신 가슴을 위해 예쁜 브래지어를 사러 가
야겠다

　저녁이 다정하게 걸어오고 있다

별사탕

별아— 하고 이름 부르면
건빵 봉지 속 별사탕 같은 계집아이 달려 나왔지
배고픈 여섯 살 아이가 할 수 있는 일이라곤
검정 고무줄을 뛰어넘는 일
통통 튀어 오를 때마다 복도 밖 풍경을 뜯어 먹는 일
구름을 먹는 날이면 며칠이고 비는 오지 않았지
배달 일을 하는 엄마, 언덕 위에 서서 손 흔들어 주었지
손이 흔들리다 사라지는 별식別食 같은 풍경
보이지 않을 때까지 뛰고 또 뛰었지
지린내 나는 복도 끝에서 비둘기는 왔다 사라지고
엄마도 왔다 사라지고
새엄마도 왔다 사라지네
한 끼 풍경도 사라질까
조심스레 손 뻗어 보는 저녁
펄펄 끓는 물에 팔이 담겼지
울음이 끓어 넘치네
기다려도 마른 종이 같은 엄마를 아무리 불러도
엄마를 뜯어먹은 지 이미 오래

아직 입 안에는 녹지 않은 별 하나가 남아 있었지

적도에서 온 남자

나에겐 걸어도 된다는 면허가 있다

면허를 갱신하러 간다

유효기간을 넘긴 건널목은 아예 바닥에 드러누웠다

당신을 증명해 보이세요

사진사는 친절히 나를 찍는다

2분 안에 복제된 얼굴이 나온다

어, 이건 내가 아니군요 왼쪽 턱이 오른쪽보다 길게 자랐
잖아요 귀는 수평이 맞지 않아요 안경이 기울어지고 왼쪽
눈은 자꾸 흘러내려요 고르지 못한 치열 사이로 어제의 변
명이 미끄러져요

사진사는 친절하게 다시 찍고 복제된 내가 다시 나온다

치명적인 오류고, 헐거워진 오후다

기계가 고장 났나 봐요 내일 다시 오세요

나를 증명해 보일 방법이 없다

내일이면 유효기간이 지나고

다리 하나를 잃겠지 벌금을 물더라도

기울어진 나침반을 고쳐야겠다

북위 37도, 동경 126도

대칭적인 것들만이 안전하게 머무는 곳
여직원이 태양을 끌어내린다
다리가 짧아진 나는 지구를 가로질러 걷기 시작한다
노을은 사선으로 국경을 넘고 있다

맨홀

생각이 깊어질 때마다 구멍을 파는 남자가 있다
구멍을 파고 생각을 묻는다
생각이 꺾이는 곳에 앉아 발을 담그고 발가락 깊숙이 돋
아나는 뿌리털을 본다
여자는 그런 남자를 뽑아다 제자리에 갖다 놓기 일쑤
남자는 그런 여자가 사라졌으면 한다

단단한 잠이 깨기 전에 끝내야 한다
여자 얼굴을 익반죽하는 남자
뜨거워진 얼굴을 문지르며 수제비를 뜬다
얼굴은 투루루 폈다 졌다 웃었다 울었다
냄비 속에서 끓는다
남자는 생각이 깊어지는 쪽으로 물러나 앉는다
역류하는 생각들로 냄비 뚜껑이 들썩인다

여자 얼굴은 퉁퉁 부었다
얼굴을 건져 내 꽃무늬 접시에 담는다
남자는 한참 동안 얼굴을 바라보며 웃는다

생각이 얕아질 때마다 구멍을 파는 남자가 있다
깊이가 줄어든 곳에 삽질하고
여자 생각을 잘라다 묻는다

생각이 꺾이는 곳마다
여자 얼굴이 싹트는 줄도 모르고
아직도 구멍을 파는 남자가 있다

천사를 봤다고 말하는 순간

뾰족한 누나를 닮으며 엄마는 웃음을 빨랫줄에 내다 걸었다
저렇게 말라 가다간 남는 게 없겠어
깎을수록 뾰족해지는 흑연처럼, 찌르기 위해 태어난 울음
처럼

천사를 본 적은 없지만 천사를 봤다고 증언했다
세상에 거짓말은 없다고 했으니 내가 하는 말은 모두 참
말이 된다

주말이면 바다 위에는 폭죽이 터졌다
교회에 앉아 주기도문 대신 수헬리베비시 주기율표를 외
웠다
십자가를 그으면 나는 조금 반짝이는 것도 같았다

바그다드로 가고 싶다던 누나는 그림자마다 발목에 리본
을 묶었다
누나의 무지를 사랑했다
그런 날은 정말 천사를 본 것도 같았다

이 집에는 밝은 빛이 새어 나오면 안 돼 그건 반칙이야

엄마는 방마다 블라인드를 내리고 안대를 해야 잠이 들었다

그런 날은 배수관을 따라 내려오는 발목들을 오래도록 지켜보았다

혼자인 걸 들킬까 봐 내 동공은 크고 동그래졌다

튕겨 나간 심장은 풍선처럼 부풀어지고 있었다

헬륨보다 가벼워진 누나가 폭죽처럼 터져 버리던 날

내가 누나를 봤다고 말하는 순간,

위험한 독서

학원에 있는 동화책은 낡고 찢어졌어요

엄마, 동화책을 사다 주면 안 되나요?

나는 밝고 환한 색깔을 읽고 싶어요

훌륭한 사람이 되기 위해 단색의 생각만을 가지렴 명조체의 하루로 책장을 넘기는 거야

아무도 읽지 않는 책엔 누가 살죠?

생각하는 사다리를 세워 두렴 높은 곳을 향해 뻗는 나무처럼

나무는 자라서 어디로 갈까요? 이 책은 나무 무덤 같아요

덮어 버린 책, 접힌 구석에서 어둠이 자라요

어둠은 구석을 좋아하고 구석은 나를 좋아하죠

내게도 구겨질 권리가 있나요?

아프다고 말하면 진짜 아파 버릴까 봐

나는 입을 앙다물고 몸을 말아요

내게서 나가는 방법을 겨우 찾았는데

엄마는 방문을 잠그고 자물쇠를 채웠어요

읽지 않고 덮어 버린 나는 당신의 책
책갈피도 없어요
내가 없는 빈방에서
당신은 내가 몇 페이지였는지 찾아보세요

없는 사과

정말로, 강조하면 단단해지는 사과. 굴러가지 못하고 정물이 되는 사과.

빨강 뒤에 검정을 숨기는 사과. 나무 쟁반 위에서 결실을 보는 사과.

사과답지 못한 자세로 앉아 있는 사과. 어색한 침묵을 애써 뭉개 버리는 사과.

꽃병이 어울리는 사과. 꽃병 옆에서 평생을 기다려 줄 것 같은 사과.

씨앗을 품은 사과 안에 사과. 언젠가 정말로 사과가 될 거 같은 사과.

사과 같은 사과. 사과 같지 않은 사과. 정말로,

하우스 하우스 오 나의 하우스

오토바이 한 대가 길을 막고 있다. 오토바이는 으르렁거린다. 물리지 않으려면 뒤통수를 보이지 말아야지. 나와 오토바이 사이에 비가 내린다. 리어카에 실린 상자는 비를 맞고 있다. 빈 상자를 실어야 무거워지는 리어카. 상자에는 김★진이라는 이름이 남았다. 비는 압정처럼 이름을 꽂고 있다. 오토바이와 나, 꼼짝하지 않는 이름 사이에서 비는 계속 분열한다.

오토바이가 그르렁거린다. 조심스레 머리를 어루만진다. 비는 계속 나를 저지한다. 허벅지는 다부지고 고개는 23도 꺾여 있다. 그가 지키려고 하는 이 밤의 각도. 녹슨 철문 뒤로 하우스가 있다. 빗소리에 묻힌 화투패 소리. 가로등은 꺼졌다 켜졌다 오토바이는 눈꺼풀을 깜빡거린다. 엇박자로 보이는 오토바이의 시선. 말랑해 본 적 없는 변온의 갑각류. 길들고 있다.

넘어진다. 배를 보이며 바퀴를 감고 있다. 바퀴가 누비고 다녔을 길이 바퀴 대신 감기고 있다. 그가 누워 있다. 이 밤을 지키기 위해 비에 꽂혀 있다.

3부

연꽃잎의 소매를 단 블라우스

나의 하루는 연을 나누다 행을 나누고 내어쓰기를 하다
들여쓰기를 하지
띄어쓰기를 하다 발에 걸려 넘어져도 좋아
제목이 있는 블라우스를 입었으니까
연꽃잎의 소매를 단 블라우스를 입고
유모차를 밀어
구름 조각을 잘라 신발을 만들지
크림색 단화는 잡음도 없어
모자를 쓰지 않으면 어때
주근깨의 스타카토에 맞춰 왈츠를 추지
연꽃잎의 소매가 튀어 올라
놀란 새들은 티르티르에 가서 죽고
근사한 제목에 맞는 깃털을 주워 코르사주를 만들어
새들의 신발은 누구에게 나눠 줄까
하늘에 찍힌 발자국에 대고 손도장을 찍어 봐

나는 제목이 있는 블라우스를 입고
무릎이 나온 문장에 밑줄을 긋지

s오비탈

궁금하지? 검색해 봐
우리는 서로를 검색하고 약력을 훑어
나는 방향성이 없는 s오비탈
이건 확률이야
네가 나를 1분 20초 뒤에 알아챌 확률
방향성이 없으니 우리 관계는 제로
유감스럽게도 내 혈액형은 O형이 아냐
무게중심을 어디로 잡으면 잘 넘어질까
작은 공을 덮은 큰 공, 큰 공을 덮은 더 큰 공
공은 공을 사랑해 서로가 좋아하는 자세로 전진하지
1s, 2s, 3s, 4s 우리의 s는 끝이 없는데
쉽게 알아낸 답은 쉽게 잊을 수 있지
나는 몇 번째 s였더라

알비노*

색을 혼합하면 검은 까마귀가 되고 빛을 혼합하면 안개가 된다

까마귀들 사이에 하얀빛 한 마리가 태어났다

사람들은 나를 행운이라 불러요

내 손가락을 꺾어 목걸이를 만들죠 행복은 주술처럼 마법에 걸리고

내 팔은 당신의 맹신에 단단히 복종할 거래요

루비 대신 빨간 눈으로 반지를 만들어요, 신부의 약지에서 뜨겁게 타오르죠

나는 태양의 빛, 머리카락은 희고 속눈썹은 가늘게 떨려요

내 음모가 궁금한 어른은 나와 동침하죠

내 피는 달콤해 탄산수처럼 짜릿해요

불행한 당신의 미래를 터트릴 거라 믿죠

나는 아프리카의 돌연변이, 태어나면 안 되는 해무

아빠는 나를 너무 사랑해서 아프지 않게 다리를 잘라 준대요

방 안에는 자궁 같은 작은 무덤이 생겼고

나는 이곳에서 흰 공과 검은빛을 가지고 놀아요

초록의 이정표에는 탄자니아가 있어요
내리막길에서 브레이크를 꼭 밟으세요
한 마리 빛이
언제 날아오를지 모르니까요

*알비노 : 백색증. 유전적 결함으로 피부, 털, 눈 등에 색소가 없는 개체

자연의 밤

정갈하게 차려진 죽음이라는 밥상을 받아요
조화는 익숙한 슬픔을 달고 검은 글들은 아주 정직해요
죽음은 고체인가 봐요 딱딱한 발, 딱딱한 손, 딱딱한 혀,
울음은 아직 굳지 않았어요

당신 죽음이 담긴 유골함
저건 한 마리 강장동물
입구는 있으나 출구가 없던 당신 마음 같아요

목요일에서 금요일로 넘어가는 소리
아이들은 이유 없이 코피를 흘리고 어른들은 많은 이유로
술을 마셔요
코인 노래방에서 키스하던 애인은 혼자 남아 있을 거예요
향이 꺼지지 않게 밤새워 지키는 동생이 있고
내일 매출을 걱정하며 가게 문을 닫은 누나가 있어요

상복을 입지 않은 아이들은 아이스크림을 핥아요
선풍기 바람은 아이들을 쉽게 녹여 버리고

나도 따라 흐르고 있어요

당신이 죽어서 정말 다행이에요
이제 내게도 슬픔의 이유가 생겼으니

접속조사 와

신발장을 열면 그곳은 사막이다
사막을 건너온 마른 우산들
어쩌자고 많은 모래를 쌓아 뒀을까
순식간에 무너지는 사구
마음 약한 부위부터 부러지기 시작했지
사막을 건너온 관계를 펼친다
관계란 용접으로도 때울 수 없는 온도
차라리 모두 부러졌더라면
서로를 정리하기 수월했을 텐데
구부러진 살들이 한꺼번에 펼쳐진다
이것을 회복이라 부르자
패딩을 입고 한강 다리 위에서 뛰어내린 여자가 있다
여자는 살았고 죽음에 대한 벌금을 물었다는 이야기
방수된 관계가 펼쳐진다
시간을 버티는 버섯바위의 마음으로
비가 오지 않는 날 서로를 꺼내 든다

그 여자의 레시피

생물학적인 여자가 곰국을 끓인다 수컷을 그냥 끓이면 아무 맛이 없다 잡놈을 섞으면 훨씬 역동적인 맛이 난다 수컷의 피는 음탕하여 몇 번이고 핏물을 우려낸다 그의 이력을 추출해 낸다 음모를 미리 제거해 두지 않으면 쿠데타를 일으키는 음모를 낳는다 끓어 넘치기 전에 모두 싹둑, 깍두기는 깍둑거리고 곰들은 모두 발바닥을 감춘다 생물학적으로 단련된 그의 근육, 팔랑거리던 얇은 귀, 행방이 묘연한 퇴직금을 뭉근히 끓여 낸다 뽀얀 국물이 우러나기까지 오래 기다릴 것 가죽을 벗기고 고집을 꺾어 살점을 발라낸다 무릎 꿇은 복종의 도가니가 녹아내릴 때까지 성급히 불을 끄지 말 것

여자는 생물학적인 수컷을 한 그릇 말아 먹고 집을 나선다

사다리 타기

사장이 내 의자를 내다 버렸대. 자기 취향에 맞는 크고 고풍스러운 의자를 살 거래. 의자 비용은 반반 부담하자는군. 그럼 내가 의자 반의 주인이 되니 이건 밑지지 않는 장사. 이제 앉을 수 있는 내 자리가 반은 생겼어.

동생은 급식으로 나온 우유를 친구에게 팔았대. 이게 부당한 거래래. 담임은 금품갈취를 한 학생이라며 동네북을 만들었어. 친구는 공짜 우유를 먹고 영웅이 되었지. 동생은 잘못했습니다 하고 이백 장 반성문을 쓰고 동네 양아치가 되었어. 북 치지 않고 양치기가 되는 기술을 지녔어. 장난은 진심을 낳고 진심은 기술을 낳는 교실. 기술이 꽃피는 학교.

아빠는 기타 줄처럼 긴 손가락을 가졌지. 어느 날 더는 참지 못하겠다며 반지를 뺐어. 약속할 수 없는 맹세가 손가락에서 빠져나갔지. 자라지 않는 손가락으로 돌아오겠다는 약속을 하고 떠났지. 그날 나는 새끼손가락을 잘라 버렸어.

당신이 사라졌으니 얼마나 다행이야. 이 꼴 저 꼴 안 보고 내 안에 반쪽 사다리로 남았지. 당신 옷을 입고 당신 신발을 신어도 미안하지 않아. 나는 이미 반은 죽고 반은 살았으니. 이만하면 이 사다리 제작자는 칭찬해 줄 만해. 공짜로 물려받은 사다리로 동생과 나는 열심히 살고 있지. 열심히 살지 않으면 열심히 죽으니까. 올라가는 것에 서툴고 떨어지는 것에 익숙하거든. 뭘 잘했는지 알지 못해 우리는 매일 잘못 살고 있지.

4월의 세드나는 아직 떠오르지 않았다

아저씨, 인제 그만 내 잠을 액자에다 걸어 두세요
밤은 깊고 더 떨어질 체온은 없어요
손가락은 이미 물고기가 되었고 손톱은 고래수염이 되었
어요
수장된 나는 검은 새의 신부
내 손톱을 가져간 고래를 보셨나요?

머릿속에 박힌 못 때문에 균열이 생기고 있구나
너를 떨어뜨리지 않게 잘 걸어 둘게
기억은 오늘을 버티기 위해 겨울눈을 만들어
겨울눈이 싹트면 바다는 뜨거워질까, 머릿속 균열처럼 너
를 아프게 하진 않을까?

아저씨, 물고기들이 눈을 갉아 먹기 시작해요
조금만 더 기다릴게요, 나를 밀어 버린 손이 나타날 때까지
조금만 더 기다릴게요, 손가락을 잘라 버렸던 도끼가 얼어
버릴 때까지

너의 목소리는 물속에서 안녕하니?
안부를 묻는 내 목소리는 어디로 갔을까?
손가락 온도계는 고장이 났구나
나는 무섭다 얘야, 너를 또 놓쳐 버릴까 봐
너를 또 잊어버릴까 봐
두통은 내일을 감추고 너를 흔들어 놓는구나

밤하늘에 긁어 놓은 손톱자국이 보이나요?
사람들은 그곳에 대고 소원을 빌어요
나는 어둠을 구겨 불을 붙이는데
오래된 몸은 가벼워져 자꾸만 떠올라요
나를 데리러 와 주세요
아저씨 주위를 맴도는
그래요, 나는 당신의 세드나
힘껏 나를 끌어당겨 주세요
그날, 그랬던 것처럼
가만히 기다리고 있을게요

흐르는 방

불을 끄면 그림자는 3단 서랍이 달린 화장대 틈에 숨어들
길 좋아한다

가만히 누워 벽에서 새어 나오는 구름을 본다

흰 구름은 숲

숲 사이 움직이는 회색 바나나

잎사귀를 꼭 말아 쥔 고사리가 나타난다

양의 이빨이 구름을 뜯기 시작한다

서랍 속에는 잘 갠 유니폼이 있고

코끼리 프린팅이 된 양말 한 짝은 서랍 뒤로 넘어가 있다

긴팔원숭이처럼 팔을 뻗으면 코끼리 하나쯤 구할 수 있겠지

찾을수록 깊어지는 코끼리는 술래

그림자는 내가 불러 주기 전까지 꼼짝 않고 숨어 있다

가위로 그림자 입을 오려 밤새 수다나 떨까

색을 잃으면 더 깊은 잠을 잘 수 있을까

방 안에 일어나는 물거품 밑으로 가라앉는 새끼 양들이
보인다

물이 점령한 방에는 양의 이빨만 남았다

코끼리는 겁에 질려 코를 잘라 버리고 그림자는 혈흔도

없이 사라졌다

밤이 깊어질수록 발밑에 드러나는 진동들

고무망치로 탕탕, 불면의 밤에 잠을 못 박고 있다

공중 재배

그물에는 떨어진 입들이 떼 지어 있어요 바람 부는 방향으로 밀려났다 밀려와요 바싹 마른 입들이 부딪칠 때면 작은 소리가 나지만 한번 뱉은 소리는 주워 담을 수 없어요 그곳에서는 입조심해야 해요

멜빵바지를 입고 얼굴에 검은 칠을 한 거인이 공중에 그물을 달았죠 입이 무거운 사람은 발목에, 입이 가벼운 사람은 목에, 간헐적 수다쟁이에게는 허리에 밧줄을 달고 후우입김을 불어요 공중에 매달린 사람들끼리 머리가 부딪쳐 깨지기도 하고 허리가 잘리기도 해요 얼굴이 파래지다 변색한 채로 늘어지기도 하죠 거인은 싱싱한 입만 똑똑 잘라 내는데 입에서는 탱글탱글 소리가 나요 바구니 가득 담긴 입은 속을 알 수 없는 창고로 보내져요 거기엔 주파수가 하나뿐인 라디오가 있는데 거인이 좋아하는 멜로디가 흘러나와요
한쪽에선 거꾸로 매달린 입을 천천히 익혀요 그물코에 얼굴을 바짝 갖다 대고 냄새를 맡죠 됐다 싶을 땐 손뼉을 치는데 하마터면 박수 소리에 줄이 끊어질 뻔했죠 마지막 숨을 내쉬기 직전에 수확한 입은 최곳값이 매겨져요 술병에 담아

고통스러운 신음을 오래 발효시키죠

  거인이 엉덩이를 씰룩대며 걸을 때마다 그물이 흔들려요
그림자도 없이 매달린 사람들은 입을 앙다문 채 마른 호두
처럼 단단해지고 있어요 거인의 귀는 점점 작아져 라디오
볼륨을 마구마구 키워요 올해는 작황이 나빠질 수 있다는
우려가 제기되고 있어요

Watchdog

누군가
주술을 걸듯 나를 그리고 있다
목탄의 힘으로
까만 눈동자와 윤기 나는 코
쫑긋한 두 귀를 그리면
나는 침묵하는 쪽을 바라보는 개가 된다
다리를 그리고 밑줄을 그으면 지면이 탄생한다
나는 밑줄 끝에서 끝까지 뛰어다닌다
발톱은 아직 부러지지 않았다

마을에는 많은 개가 태어났다
개는 개를 사랑하고 개는 개를 번식하고
개는 개를 사냥하고
서로 짖고 서로 멸시한다

누군가
밑줄을 지우고 있다
네임펜으로 단단한 케이지를 만든다

자물쇠를 그리고 열쇠를 지운다
케이지 안에 갇힌다
송곳니는 아직 날카롭다

누군가
케이지를 허공에 매달자
돌이 날아오기 시작한다
케이지가 흔들린다
목탄으로 만든 나는 쉽게 부러진다
다리부터 주저앉는다
너무 오래 서 있었다
너무 오래 감시하고 있었다
들숨을 삼키고 시간을 버틴다
이제 나는 나를 감시하고 있다

갑주어

숲을 걸으면 구덩이가 달라붙어요
이건 너무 끈질겨요 나프탈렌보다 지독한 냄새가 나요
한번도 가 보지 않은 숲으로 갑니다
잎사귀와 가지 틈 사이로 비가 내리면
빗방울 소리에 구덩이가 깨어나요

까마귀는 귀신처럼 혼자 낮을 견디고 나무는 가지마다 울음을 걸어 두어요

빗줄기가 거세지고 나는 발부터 지워져요
아랫도리가 사라진 철로 만든 물고기
슬픔에 쉽게 목이 쉬어 버리죠
온통 녹슨 울음소리에 구덩이가 깨어나요

내가 전부 녹슬기 전
당신을 숲속에 혼자 두고 왔어요
가자 가자 집에 가자 인제 그만 돌아가자
목관에서 흘러넘치던 소리

돌아와 당신 베개를 베고 잠이 듭니다

잠을 뚫고 자라는 나무, 나무 곁에 물방울, 물방울 안에 물고기, 물고기 안에 침묵

사방은 숲이 되고

밤마다 구덩이는 깨어나 내 잠 뒤꿈치를 깨물어요

울음은 살을 녹이고

슬픔은 뼈가 돼 버린

단단한 슬픔의 척추동물

거미와 뜨개질

불임의 시간을 버티는 것은 뾰족한 뜨개바늘이었어요
난포를 키울 동안 시간은 빨갛게 흘러내렸고
제멋대로 커 버린 나무는 바람에 뒤엉키기 일쑤였죠
플라스틱 테스트기에는 빨간색 한 줄
멍징한 한 줄은 외로워 보였어요
시계 속에는 투명한 거미가 살고
거미는 날마다 시간을 뜨죠
고양이는 아이처럼 울다 나한테 들키곤 했죠
물 한 바가지에 울음소리 끊어지기를 몇 번
뜨개바늘로 뜨고 있는 투명한 시간이 끊어질 때쯤
복숭아나무 한 그루를 봤어요
부끄러움도 모르는
연분홍 엉덩이들이 가지마다 열렸어요
보송한 솜털, 아직 떨어지지 않은 달콤함이 햇살에 엉겨
붙었죠
아스팔트를 녹일 듯 매미는 울어 대고
바람조차 잠에 녹아들 때, 손에 녹아내리는 꿈을 한 입 베
어 물었어요

입 안엔 복숭아향이 터지고 시간은 분홍을 입었어요
뜨개바늘이 투명대를 뚫고
복숭아는 그렇게 익어 가고 있어요

동물원

출생과 온도가 다른 우리가 같이 산다는 건
서로 조금씩 포기해야 한다는 걸 의미하죠
유칼립투스 잎을 먹기 위해
내 혀가 갈라지듯
서로 다른 경로로 체위를 바꾸고
다른 식성을 참아 내기 위해
조심스레 분출해야 한다는 것은
단언컨대 상상하지 못했던 일들

나무는 잎부터 시들고
포도는 자주색부터 사라지기 시작해요
된더위에 끓는 보도블록은 처음부터 규격에 맞게 균열을
안고 살죠
정해진 만큼 분열할 수 있다는 것
우리는 공중 케이지 속에서 갈라지는 발가락 수를 기억할
필요가 없어요

새는 날개부터 시들고

목은 자주 염증을 앓아요
새들이 잃어버린 목소리는 드문드문 새어 나와요
늘어진 테이프를 냉동실에 넣어 복원시키듯
아침이면 새 소리를 갈아 끼우고 나오는 초록 앵무

낮달의 기울기를 기억하며
우리는 서로 다른 체온을 가지고
같은 온도가 되기 위해
열심히 가둬지는 중입니다

골목의 사생활

골목이 낳은 사생아, 나는 산복도로가 낳은 쥐예요

내가 시간을 갉아먹고 자랄 때
가만히 옆자리를 물고 놓아주지 않던 누렁이
골목만큼 깊은 눈을 가진 누렁이를 안고 잠이 들면
길을 잃어도 좋아요
목줄 하지 않아도 누렁이 냄새 따라 골목을 읽을 수 있으
니깐요
계단보다 많은 문과, 문을 열면 방이 나오는 대문 없는 집들

가마우지가 토해 내는 물고기 같은 저녁
내 속에서 쏟아져요, 누렁이가 쏟아져요

엄마가 끓여 준 양은 냄비 속 국물은 씹힐 것도 없어요
이렇게 맛있는 요리는 난생처음이에요
하늘엔 구름 대신 연기가 피어오르고
핏빛 자루가 담긴 고무 대야엔 아직 채 타지 않은 털들이
남아 있어요

그날, 누가 나 대신 누렁이를 불렀을까요

오늘도 태어나는 골목의 냄새들
꺾어지는 골목 끝에는 아직 길을 잃은 내가 있어요

손잡이가 없는 문

엄마, 우리 쇼핑하러 가요. 두 손 가득 쇼핑백을 들고 회전문을 돌려요. 시계의 시침은 항상 제자리. 우리도 돌아요. 태양도 필요 없는 그곳에 가면 엄마의 예쁜 종아리를 살 거예요. 단단히 하이힐을 고쳐 신어요. 언덕에서 도트무늬 스카프를 흔들어 봐요. 또각또각 방점을 찍어요. 더는 말줄임표가 아니에요.

무서워요 말하는데 문이 닫힌다. 외로워요 말하는데 문이 열린다. 아침을 수리하러 온 수리공이 고치고 간 문. 고장난 그대로 아침 달이 떴다.

외로움은 손 닿지 않는 곳에 붙는다며 짧은 손톱으로 긁고 또 긁는다. 오래 방치된 것들은 끈기가 없지. 등을 말고 각자 방으로 들어간다. 트랜지스터라디오가 된다. 음 소거된 불도 켜지 않은 관, 손잡이가 없는 문을 열면

다정한 주먹들

너는 한 마리 생쥐, 제리라고 하자
나는 한 마리 고양이, 그럼 톰이 되겠군
나는 너를 사랑하지 않는다, 이건 명제가 되지
그럼 우리 둘의 관계는? 공집합이 되지
너는 나를 죽이기 위해 태어난 저격수
조준하기 위해 나무 위 오두막집을 짓지
내게 톱을 가져다주세요 아, 당신은 밥이로군요
머리카락 사이로 붓을 꽂아 보세요
우리의 배역엔 선택이 없듯 우리의 배후엔 대화도 없지
제리, 밥 아저씨만 믿어
호숫가 나무 꼭대기에 멋진 오두막을 그려 줄게
아침이면 젖은 수염과 늘어진 가운을 입고 해장이나 하러
가자고
우리는 어쩔 수 없는 링 위의 한 팀
잽잽, 주먹은 계속해서 나아가지
정지화면은 우리에게 어울리지 않거든

빨간 구두

엘레바시옹

내겐 빨간 구두가 있지 그건 처음부터 헐거웠지 꼭 맞는 길은 없었어 아빠는 어쩌자고 이름 가운데 길을 놓았을까 언제든 나갈 준비가 되어 있는 길 머무를 수 없는 길 이름 속에서 자꾸 자라는 길을 따라잡을 수가 없어 빨간 구두야 너는 나침반을 닮았구나 네가 가리키는 그곳을 따라가면 북극성을 발견할 수 있을까

엘레바시옹

누가 신고 벗어 두었는지 밤새 너는 자랐고 오늘 밤 붉은 배는 만선이 되어 흔들리네 배 안에서 복숭아향을 말은 인어의 허밍이 들리고 선원은 노를 잃고 물속으로 빠져드네

엘레바시옹

내가 신어 보지 못한 바다가 거기 있었구나 맹그로브가 뒤엉키고 빨간 자침 끝에서 작은곰자리가 은어를 사냥하고 플라밍고가 날아오르네 그곳에서 드디어 구두가 살아나네 피가 돌고 살이 찌네 헐겁지 않은 길이 카펫처럼 펼쳐지지

엘레바시옹, 엘레바시옹

엘레바시옹(élévation)의 발랄한 시적 고투

박대현 (문학평론가)

엘레바시옹(élévation)의 발랄한 시적 고투

1. 동일자적 폭력과 개별성의 사유

박길숙 시인은 동일자적 사유를 해체하는 시적 사유에 집중한다. 그의 시를 지배하는 모던한 이미지는 동일자적 사유에 균열을 가하기 위한 시적 전략의 산물이다. 동일자적 사유의 가장 파괴적인 양상은 파시즘이다. 동일자적 사유는 파시즘의 이념적 토대로 작용한다. 동일자적 사유는 모든 사물과 현상이 본질적으로 하나이며 서로 분리될 수 없다는 것을 강제한다. 파시즘은 이러한 동일자적 사유를 통해 국가와 민족을 하나의 유기체로 파악하고, 국가의 통일과 안정을 위해 모든 구성원의 복종과 희생을 요구한다. 역사적 파시즘은 종식되었으나, 동일자적 사유의 폭력은 파시즘의 뿌리로 여전히 이 세계에 잠복되어 있다. 동일자적 사유의 집단화는 개별자의 욕망을 집단화된 주체의 욕망을 승인하기 위한 거수기로 전락시킨다. 이 시집의 도처에는 개별성을 말살하는 동일자적 폭력에 대한 경계심이 포진하고 있다. 다음 시를 보라.

여러분, 우리의 녹는점이 낮아지고 있습니다. 생각은 옅어지고 서로가 구별할 수 없을 만큼 닮아 가고 있습니다. 일인칭의 언어는 사라지고 쓸모를 다한 눈금은 지워지고 있습니다. 속눈썹과 손톱만 남아 보트 위에 표류하게 될 것입니다. 각자 떨어져 있어야 합니다. 경계해야 합니다. 우리는 불연속적이어야 하며 술에 취해 어깨동무해서도 안 됩니다. 종국에 상대를 나라고 느끼며 견디지 못할 온도에 다다를 것입니다. 책을 펴지 마십시오. 꿈을 꾸지 마세요. 오른쪽으로 돌아가는 시계의 방향성을 믿지 마십시오. 각자 주어에 밑줄을 긋고 자신에게 질문을 던져야 할 때입니다.

— 「모호로비치치의 연설문」 부분

모호로비치치는 지진파를 분석하여 지구가 여러 개의 단층으로 이루어졌다는 가설을 제시한 지진학자다. 지진파의 방향과 속도가 단층을 통과할 때 방향과 속도가 변한다는 사실을 통해 지구가 여러 개의 단층으로 이루어져 있다는 사실을 밝혀냈는데, 현재까지 이를 '모호로비치치 불연속면'이라고 부른다. 이 시 텍스트에서 키워드는 '불연속면'이라는 용어다. 시인은 지구가 단일한 단층이 아니라 여러 개의 단층으로 이루어진 구조라는 사실에 주목한다. 시인은 지구 단층의 불연속성을 통해 인간의 개별성(singularity)에 대한 사유를 전개하고 있다. 시인은 지구의 "녹는점이 낮아지고" "생각은 옅어지고 서로가 구별할 수 없을 만큼 닮아 가"는 상황이 지구에 만연하고 있음을 '모호로비치치'의 목소리를 빌려 고발한다. "일인칭의 언어는 사라지고 쓸모를 다한 눈금은 지워지고 있"다는 것. 이는 지그문트 바우만이 역설해 온 액체 근대성을 상기시킨다. 근대의 액체성은 시에서 언급하고 있듯이, "일인칭의 언어"를 뭉개 버린다. 개인의 개별성과 고유성이 액체성 속에서 사멸함으로써 각 개인들은 서로가 구별되지 않는 획일성 속에 익사하고 마는 것이 액체 근대성에 대한 진단이다. 시인이 모호로비치치의 목소리를 빌려 불연속성을 강조하는 것이 이러한 맥락에서다. 녹는점이 낮아져 서로의 경계가 녹아내리는 것이 완전한 공동체를 지향하는 것 같으나, "상대를 나라고 느끼며 견디지 못할 온도에 다다"르게 될 것이라는 것이 시인의 통찰이다. "상대를 나라고 느끼"는 것은 상대에 대한 존중이 아니라 상대에 대한 폭력이다. 이른바 동일자적 폭력이다. 시인은 지구의 불연속적인 단층을 통해 인간이 견지해야 할 개별성의 가치를 시적으로 역설하고 있는 것이다.

출생과 온도가 다른 우리가 같이 산다는 건

서로 조금씩 포기해야 한다는 걸 의미하죠

유칼립투스 잎을 먹기 위해

내 혀가 갈라지듯

서로 다른 경로로 체위를 바꾸고

다른 식성을 참아 내기 위해

조심스레 분출해야 한다는 것은

단언컨대 상상하지 못했던 일들

나무는 잎부터 시들고

포도는 자주색부터 사라지기 시작해요

된더위에 끓는 보도블록은 처음부터 규격에 맞게 균열을 안고 살죠

정해진 만큼 분열할 수 있다는 것

우리는 공중 케이지 속에서 갈라지는 발가락 수를 기억할 필요가 없어요

새는 날개부터 시들고

목은 자주 염증을 앓아요

새들이 잃어버린 목소리는 드문드문 새어 나와요

늘어진 테이프를 냉동실에 넣어 복원시키듯

아침이면 새 소리를 갈아 끼우고 나오는 초록 앵무

낮달의 기울기를 기억하며
우리는 서로 다른 체온을 가지고
같은 온도가 되기 위해
열심히 가둬지는 중입니다

— 「동물원」 전문

　이 시에서 인류의 세계는 동물원으로 비유된다. 동물이 살아가는 야생의 세계와 동물원은 다르다. 동물원은 각기 다른 동물들이 야생의 세계처럼 살아가는 듯싶으나, '동물원'은 동물들로부터 야생의 생기와 활력을 박탈하는 공간이다. 동물들은 동물원 안에서 각기 다른 종의 개체일지라도 동물원이 강제하는 동일한 습속에 길들고 마는데, 이는 인류의 현재 모습을 암시한다고 볼 수 있다. "출생과 온도가 다른 우리"들의 세계인 동물원에서 공존을 위해서는 "서로 조금씩 포기"하는 것이 필요하다. 그러나 이 "포기"라는 것이 자연생태의 조화를 위해 자생적으로 발생하는 것이 아니라 동물원의 "규격"에 맞게 살아갈 수밖에 없는 존재의 "균열"이 될 때, 동물원은 자연 세계로부터 더욱 멀어져서 거대한 "공중 케이지"로 전락하고 만다. "새들은 날개부터 시들고/ 목은 자주 염증을 앓"으며,

"아침이면 새 소리를 갈아 끼우고 나오는 초록 앵무"의 세계. 동물원은 "낮달의 기울기를 기억하"지만, 그 세계를 살아가는 "우리는 서로 다른 체온을 가지고/ 같은 온도가 되기 위해/ 열심히 가둬지는 중"인 것이다. "같은 온도"라는 동일성의 궤적 안에 감금되는 순간부터 폭력은 난무한다.

누군가
주술을 걸듯 나를 그리고 있다
목탄의 힘으로
까만 눈동자와 윤기 나는 코
쫑긋한 두 귀를 그리면
나는 침묵하는 쪽을 바라보는 개가 된다
다리를 그리고 밑줄을 그으면 지면이 탄생한다
나는 밑줄 끝에서 끝까지 뛰어다닌다
발톱은 아직 부러지지 않았다

마을에는 많은 개가 태어났다
개는 개를 사랑하고 개는 개를 번식하고
개는 개를 사냥하고
서로 짖고 서로 멸시한다

누군가

밑줄을 지우고 있다

네임펜으로 단단한 케이지를 만든다

자물쇠를 그리고 열쇠를 지운다

케이지 안에 갇힌다

송곳니는 아직 날카롭다

누군가

케이지를 허공에 매달자

돌이 날아오기 시작한다

케이지가 흔들린다

목탄으로 만든 나는 쉽게 부러진다

다리부터 주저앉는다

너무 오래 서 있었다

너무 오래 감시하고 있었다

들숨을 삼키고 시간을 버틴다

이제 나는 나를 감시하고 있다

— 「Watchdog」 전문

　동일자적 폭력의 세계는 사소한 차이도 혐오의 대상이 된다. 사소한 차이로 인해 "멸시"와 학살("사냥")이 자행된다. 동일성의 극단에는 파시즘이 도사리고 있다. "누군가"가 열쇠 없는 감옥 같은 "케이지를 허공에 매달자/ 돌이 날아오기 시작"하는 세계. 그곳에서 동일성에 압박당한 주체는 타인을 감시하다가 궁극에는 그 자신을 감시하는 상황에 직면하게 된다. "이제 나는 나를 감시하"게 되고야 마는 세계를 살아간다. 동일성의 감옥을 벗어나지 않도록 스스로를 감시하고 통제하는 세계는 동일성의 환각이 지배하는 세계와 다르지 않다. 동일성의 환각이 현실 속에서 생생한 리얼리티를 구현하고자 할 때 끔찍한 폭력이 발생하고 마는 것이다. 시인이 「알비노」에서 묘사하고 있듯이, 유전적 결함으로 백색증을 앓는 알비노에 대한 집단 망상은 알비노의 신체를 절단하는 폭력을 자행하도록 한다. "사람들"은 알비노인 "나를 행운이라" 부르지만, "내 손가락을 꺾어 목걸이를 만"들고 "내 팔은 당신의 맹신에" "복종할 거"라는 망상이 지배하는 세계. 그리하여 "내 음모가 궁금한 어른은 나와 동침하"기까지 하거나 "아빠는 나를 너무 사랑해서 아프지 않게 다리를 잘라 준"다는 만행. 알비노의 목소리는 동일성의 환각 속에서 전혀 들리지 않고, 동일자의 욕망만이 그 신체를 잔혹하게 사물화한다. 시인의 시는 알비노가 함의하는 이 세계의 고통스러운 목소리에 대한 시적 응답이다.

2. 자본주의의 주술과 변증법의 이미지

동일자적 폭력은 남근주의의 산물이다. 라캉이 말했듯이, 남
근적 향유는 팔루스로 상징화되는 표상을 절대적 진리로 간주
하고 그것에 맹목적으로 헌신한다. 반면에 여성적 향유는 절대
적 진리를 부정성의 공백으로 남겨 둔다. 진리와 이념의 공백 속
에서 이질적이고 다양한 사물과 관념들이 상충하면서도 궁극적
으로 조화로워지는 상생의 세계를 만들어 내는 것이 여성적 향
유다. 남근적 향유가 지배적일 때 여성적 향유는 억압의 대상이
다. 비어 있는 것, 타자를 향해 열려 있는 여성적 향유는 동일자
적 욕망에 의해서 배척된다. 박길숙의 시에는 여성적 향유를 가
능케 할 수 있을 여성적 주체들의 고투에 찬 서사가 잠복되어 있
다. 그리고 그것은 여성의 서사로 한정되는 차원을 벗어나 근대
적인 삶의 원형적 공간에 육박한다. 시인은 한국의 산업화·근대
화를 관통한 유년의 기억들을 끌어들이고 있는 것이다.

작은 창에는 창살이 있네
우리 대화가 새어 나가지 못하게
언덕 위 허물어지는 해바라기가 있네
언니야 나 저 꽃이 갖고 싶어
언니는 언덕을 붙잡고 시든 해를 꺾어 오네

언니가 만든 빨래집게가 양은 밥상 위 시간을 붙잡고 있네

돈 많이 벌면 예쁜 엄마와 친절한 학교를 사 줄 테야

은색 고리로 은귀걸이를 만들고 빨간 집게로 비행기를 만들지

파란 집게를 연결하면 기차처럼 시간은 늘어지네

얼룩, 얼룩, 울 언니는 자주색 가죽가방

언니가 새로 생긴 무늬를 보여 주며 스케치북을 내미네

괜찮아, 아프지 않아

나는 창에 기대어 침을 뱉지

나보다 먼저 무럭무럭 자라는 창살

파스텔 색깔이 곱게 퍼진 눈 위로 찢어지지 않기 위해 물이 드네

언니의 낮달이 눈썹처럼 걸렸네

나는 까만 크레파스로 검은 달을 만드네

판다가 된 언니, 웃네 울 언니가 웃네

해를 꺾어 시든 밤

언니는 지퍼를 열고 나를 담네

— 「방범창」 전문

시제 '방범창'이 말해 주듯이, 시적 화자는 '방범'을 이유로 감금당한 상태다. 방범을 이유로 감금의 상태에서 벗어나지 못하는 여성적 주체는 피억압의 존재를 상징한다. '방범창' 속

에 갇힌 '언니'와 '동생'(시적 화자)은 대화조차 숨죽인 채 나누어야 하고, 창밖의 '꽃'조차 쉽게 가질 수 없다. 방범창 속으로 들어오는 "시든 해를 꺾어" 올 수 있을 뿐이다. 이 시는 어린 시절의 원초적 기억에 기대고 있다. 구체적 상황은 제시되지 않고 있으나, "언니가 만든 빨래집게", "양은 밥상" 등을 미루어 보건대 가난한 어린 시절 자신들을 보호해 줄 부모 없이 언니와 함께 좁은 실내에서 하루를 보내야 했던 경험이 반영되어 있다. 따라서 이 시는 시간적 입체성을 지니고 있다. 여성적 피억압의 상황이라는 시적 맥락에 가난의 성장 서사가 기입되고 있는 것이다. 이때 '언니'는 부모보다 시적 화자에게 더욱 슬프고도 그리운 대상으로 남아 있다. 시적 화자가 의지할 수 있는 유일한 대상인 언니는 성인이 된 후의 화자에게 비로소 위태롭고도 슬프게 기억되고 있는 것이다. "언니가 만든 빨래집게가 양은 밥상 위 시간을 붙잡고 있네"라는 문장. 좁은 방 안의 양은 밥상 위를 지나는 빨랫줄의 옷감들을 상상해 볼 수 있다. "은색 고리", "빨간 집게", "파란 집게"로 좁은 방에서 놀이를 하며 시간을 보낸 기억 속에서 언니의 말은 사후적으로 구성된다. "괜찮아, 아프지 않아". 괜찮지 않고 아플 수밖에 없는 것은 "돈", "예쁜 엄마", "친절한 학교"가 이들 자매에게 결핍의 대상들이기 때문이다. 자본주의는 창살이 암시하듯 궁극적으로 영혼의 착취다. 시적 화자인 '나'는 "창에 기대어 침을 뽑"고, 창살은 "나보다 먼저 무럭무럭 자라"난다. 창살의 그림자가 길어지는 것이다. 이윽고 "해를 꺾어 시든 밤/ 언니는 지퍼를 열고 나를 담"듯 꼭 안아 주는 것이다.

산업화·근대화의 그늘 속에서 간직한 유년의 기억은 '방범창'으로 가로막힌 방 안의 풍경으로 얼룩져 있다. "내게서 나가는 방법을 겨우 찾았는데/ 엄마는 방문을 잠그고 자물쇠를 채웠어요"(「위험한 독서」)가 암시하는 감금된 방의 이미지는 이 시집의 심층에 자리 잡은 유년의 지배적인 이미지라고 할 수 있다. 유년의 기억은 그 이후의 성장 서사에도 어두운 채색으로 이어지고 있다.

개가 물어뜯은 하늘은 자줏빛이다
담을 넘는 소년이 있다
목이 늘어난 티와 귀퉁이가 찢어진 삼선 슬리퍼를 신은

해 지기 전 소년은 출몰한다

용감한 쫄리를 닮은 희고 큰 개가 소년에게 붙잡혔다
눈이 마주쳐도 짖지 않는다 소년은
긴 털을 양손에 말아 쥐고 눈도 깜빡이지 않고 개를 쳐다본다
재빨리 개 입을 세로로 벌린다

밑에서부터 끌어모은 침을 뱉는다

오줌 지린 개는 다리 사이에 젖은 꼬리를 숨긴다

해가 지기 전 개는 사라진다

대문이 열린 집이면 무턱대고 들어가 라면을 끓인다

한 입 베어 문 총각김치를 맨 위에 올려 두고 냉장고 문을 열어 둔다

라면 봉지에서 천사의 나팔이 떨어져도 아무런 인기척이 나지

않는다

꼭꼭 숨어라 머리카락 보일라

동네 술래가 되어 소년이 온다

날개 없이 담벼락을 넘고 젖은 빨래는 몽땅 내동댕이쳐 버리는

해피라면은 단종되었고 천사는 나팔을 잃었다

덜 마른 시멘트 담벼락엔 깨진 소주병이 꽂혔다

유리병에 난반사되던 빛들과 함께 동네 개들은 사라졌다

소년이 끌고 간 하늘은 검다 못해 푸르다

밤이 되도록 빨래는 바람에 펄럭이지 않았다

— 「개에게서 소년에게」 전문

이 시는 최남선의 「해에게서 소년에게」의 대척점에 있다. 최남선의 시가 서구 근대정신을 향한 조선의 열망을 담고 있는 것과는 달리, 이 시는 '해'를 '개'로 대체함으로써 소년의 열망이 아니라 비참을 드러내고 있다. 근대의 물결이 휩쓸고 간 소년을 폐허처럼 그려 내고 있는 것이다. 소년은 시인의 성장기와 무관하지 않은 것으로 보인다. "개가 물어뜯은" "자줏빛" "하늘"은 어두운 소년 시절을 암시한다. 더구나 이 시에 등장하는 '용감한 쫄리'와 '해피라면'과 같은 시대적 목록들은 시인의 소년을 환기해 내기에 충분하다. 시인의 소년은 1980년대 애니메이션 〈용감한 쫄리〉의 내용과 전혀 다르게 전개되고 있고, '해피라면'의 경우 또한 "해피라면은 단종되었고 천사는 나팔을 잃"은 것으로 진술된다. '해피라면'은 1982년에 농심에서 생산된 저가 라면으로, 포장지의 그림이 나팔을 부는 날개 달린 아기 천사다. 그 천사가 나팔을 잃었다. 과거의 시대문화적 목록들은 소년 시절 총체적 기억의 한 자락을 내밀한 상흔처럼 드러낸다. 소년 시절 즐겼던 '용감한 쫄리'와 '해피라면'은 벤야민이 말한 '사유이미지'처럼 존재한다. 사유이미지는 과거가 현재와 맺는 변증법적 이미지다. 과거의 시대문화적 목록이 자본주의라는 주술에 빠진 현재의 삶에 균열을 낸다. "덜 마른 시멘트 담벼락"에 "깨진 소주병이 꽂혔"던 시대, "소년이 끌고 간" "검다 못해 푸르"렀던 "하늘"은 산업화의 어두운 풍경을 암시해 낸다. 요컨대 시인의 시는 근대의 산업화 이후 재주술화에 걸린 자본주의의 신화에 균열을 내는 효과를 유발하고 있는 것이다.

누가 내려준 것입니까 여왕이라는 칭호
앞치마를 두르고 카레여왕을 젓습니다
양파는 말이 없고 당근은 길듭니다
브로콜리를 산 채로 집어넣자 양말도 신지 않고 달아납니다
대리석에 얼룩이 남았습니다
무엇으로 지워야 할까요 오늘의 기억은

루마니아산 초록 드레스를 입고
에나멜 붉은 구두를 신습니다
달아난 브로콜리를 잡으러 숲으로 가요
구두 굽은 자라나고
스커트 안으로 모여든 바람에 몸이 날아오릅니다
목주름을 감추려 구름을 두릅니다

구름을 흔들어 눈을 내리면
눈길을 걸어가는 발자국이 있습니다

흰 체육복이 얼굴보다 붉게 물들어 버린 날

휴지 뭉텅이를 돌돌 말아 아랫도리에 꼭 여민 아이

젖은 바지 속에서 불안은 번져 가는데

아이가 지나가는 눈 위에는 동백꽃이 피어납니다

굴 같은 울음을 뭉텅이로 쏟아 내면 악몽은 더 이상 자라나지
않아

초록 드레스를 벗어 열두 살 어린 나에게 입혀 줍니다

숲에서 누군가 울고 있다면

그건 누구도 아닐 거예요

동백꽃 얼룩 위를 달리고 있는

브로콜리 가쁜 숨소리일 겁니다

— 「브로콜리 숲으로 가요」 전문

시적 화자는 '카레여왕'이라는 상품명에 대해서 의구심을
품지만, "여왕이라는 칭호"가 내포하는 자본주의의 환등상
(phantasmagoria) 속으로 깊숙이 들어간다. 화자가 요리를 하
고 있을 때 식재료 브로콜리가 달아나는 설정에서 알 수 있듯
이, 이 시는 물활론적 환상이 지배적인데, 물활론보다는 '환상'

에 방점이 찍힌다. 화자는 자본의 물신주의적 마법 속을 배회하듯이 "루마니아산 초록 드레스를 입고/ 에나멜 붉은 구두를 신"고, "달아난 브로콜리를 잡으러 숲으로" 간다. "구두 굽은 자라나고/ 스커트 안으로 모여든 바람에 몸이 날아오"르고 "목주름을 감추려 구름을 두"르는 환각에 사로잡힌다. 이윽고 "구름", "눈", "눈길" 이미지에 이어 등장하는 "흰 체육복"에 묻은 생리혈의 이미지가 환등상 깊숙한 곳에서 번져 나온다. "휴지 뭉텅이를 돌돌 말아 아랫도리에 꼭 여민 아이", 그러나 속절없이 흘러내려 "동백꽃"처럼 눈 위에 피어나는 생리혈 자국들. 어린 시절의 악몽은 여전히 생생하다. "동백꽃 얼룩 위를 달리고 있는/ 브로콜리 가쁜 숨소리"는 눈길 위에 생리혈이 터져 울고 있는 "열두 살 어린 나"의 것이 아닌가.

이 시집의 모던한 이미지들은 자본주의의 환등상에서 비롯되고 있지만 역으로 환등상에 미세한 균열을 낸다. 자본주의의 주술 속으로 걸어 들어가 그 주술을 내파하는 언어를 구사하고 있는 것이다. 자본주의 환등상을 내파하는 시인의 힘은 "상자에서 태어난 인형", "피와 살이 없는 너는 마론 인형", "바닥부터 알아채는 눈치 빠른 인형"(「상자들」)과도 같은, 자본주의의 주술이 닿지 않은 원초적 과거의 기억에 뿌리내리고 있다. 시인은 과거의 원초적 이미지로써 현재(자본주의)의 주술을 정지시키는 변증법의 언어를 구사하고 있는 것이다.

3. 근대의 남근중심주의를 넘어

근대성은 주로 남성성과 동일시된다. 수전 벅 모스가 지적했듯이, 근대의 상징 중 하나인 산책자는 대부분 남성이었고 거리를 어슬렁거리는 여성은 창녀로 여겨지기 십상이었다는 데서도 이를 확인할 수 있다. 한국의 근대화 역시 군부정권의 주도로 이루어졌고 여성들은 근대화 과정 속에서 남성에의 종속성을 여전히 벗어나기 힘든 상태. 여성의 남성에의 종속화는 남성성이 생산의 주체이자 합리성의 기제로 간주되는 반면에, 여성성은 소비의 주체이자 비합리성의 기제로 여겨지는 데서 확인할 수 있다. 소비 주체로서의 여성은 자본주의의 생산과 소비 시스템에서 수동적인 존재인 것이다. 백화점이 여성의 공간이라는 대중적 인식에서 알 수 있듯이 여성은 자본주의의 환등상에 더욱 취약한 존재로 간주된다. 근대적 의미에서 여성의 주체성은 여전히 왜곡된 형태로 그려진다. 자본주의의 환등상에 깊숙이 개입된 시인이 남근중심주의적인 폭력과 여성의 주체성에 대한 시적 사유를 개진할 수밖에 없는 이유다.

생물학적인 여자가 곰국을 끓인다 수컷을 그냥 끓이면 아무
맛이 없다 잡놈을 섞으면 훨씬 역동적인 맛이 난다 수컷의 피는

음탕하여 몇 번이고 핏물을 우려낸다 그의 이력을 추출해 낸다 음모를 미리 제거해 두지 않으면 쿠데타를 일으키는 음모를 낳는다 끓어 넘치기 전에 모두 싹둑, 깍두기는 깍둑거리고 곰들은 모두 발바닥을 감춘다 생물학적으로 단련된 그의 근육, 팔랑거리던 얇은 귀, 행방이 묘연한 퇴직금을 뭉근히 끓여 낸다 뽀얀 국물이 우러나기까지 오래 기다릴 것 가죽을 벗기고 고집을 꺾어 살점을 발라낸다 무릎 꿇은 복종의 도가니가 녹아내릴 때까지 성급히 불을 끄지 말 것

여자는 생물학적인 수컷을 한 그릇 말아 먹고 집을 나선다

—「그 여자의 레시피」 전문

이 시는 한국 사회의 페니스 파시즘에 대한 통쾌한 복수다. 생물학적 여자가 수컷 곰국을 끓인다는 상상력이 그만큼 강렬하다. '수컷'을 향해 생물학적 여자가 행하는 상상적 폭력은 남근중심주의에 대한 여성의 반란과 저항, 혹은 보복이라고 할 수 있다. "쿠데타를 일으키는 음모", "단련된 그의 근육", "팔랑거리던 얇은 귀", "행방이 묘연한 퇴직금" 등은 한국 남근들의 행태를 드러내는 풍자를 감행한다. 특히 "무릎 꿇은 복종의 도가니"는 강한 자에게 약한 남근들의 치부를 정확히 폭로한다. "복종의 도가니가 녹아내릴 때까지 성급히 불을 끄지 말 것"에 대한 당부 이후 "여자는 생물학적인 수컷을 한 그릇 말아 먹고

집을 나"서는 것이다. 집을 나선 이후의 행보는 물론 자유와 해방의 만끽이다.

엘레바시옹

내겐 빨간 구두가 있지 그건 처음부터 헐거웠지 꼭 맞는 길은 없었어 아빠는 어쩌자고 이름 가운데 길을 놓았을까 언제든 나갈 준비가 되어 있는 길 머무를 수 없는 길 이름 속에서 자꾸 자라는 길을 따라잡을 수가 없어 빨간 구두야 너는 나침반을 닮았구나 네가 가리키는 그곳을 따라가면 북극성을 발견할 수 있을까

엘레바시옹

누가 신고 벗어 두었는지 밤새 너는 자랐고 오늘 밤 붉은 배는 만선이 되어 흔들리네 배 안에서 복숭아향을 맡은 인어의 허밍이 들리고 선원은 노를 잃고 물속으로 빠져드네

엘레바시옹

내가 신어 보지 못한 바다가 거기 있었구나 맹그로브가 뒤엉키고 빨간 자침 끝에서 작은곰자리가 은어를 사냥하고 플라밍고가 날아오르네 그곳에서 드디어 구두가 살아나네 피가 돌고 살이 찌네 헐겁지 않은 길이 카펫처럼 펼쳐지지 엘레바시옹, 엘레바시옹

— 「빨간 구두」 전문

엘레바시옹(élévation)은 몸을 위로 솟구쳐 높이 뛰어오르는 동작을 뜻하는 발레 용어다. 화자는 '빨간 구두'를 신고 외부 세계에서 도발적인 여성 산책자가 되고자 하는 것이다. 그곳에는 "내가 신어 보지 못한 바다"가 있다. 여성의 도발성을 상징하는 빨간 구두가 자유롭게 "살아나"고 "피가 돌고 살이 찌"고 "헐겁지 않은 길이 카펫처럼 펼쳐지"는 것이다. '빨간 구두'의 '엘레바시옹'은 시인의 상상력이 도달한 자유와 해방의 동작이다. 그리고 진정한 자유와 해방은 자유와 해방에 대한 자의식조차 없는 상태를 지향한다.

나는 아무렇게나 피고 아무렇게나 흐드러져요

길바닥에 퍼질러 앉아 아무렇게나 울어도

아무도 쳐다보지 않아요

나무와 나는 46개 염색체를 가진 같은 혈족

기침은 마른 잎에서 툭툭 튀어나오고

거미줄은 바람에 덫을 놓아요

여기는 내가 사는 나무

뿌리보다 깊은 어둠이 사는 방

창문 밖에는 뿌리들만 걸어 다니고

암모니아 섞인 냄새는 방울방울 쏟아져요

발이 많은 말이 사방팔방 뛰어다녀요

나는 가만히 주저앉아

고삐 풀린 생각을 동그랗게 빚어요

우리는 같은 혈족 다른 생각

깍지벌레는 많은 무릎으로 기어가요

각기 다른 생각을 하는 저들의 구호

숲 가장자리에 도착할 때까지

꿈에 가까워지기도 하고 멀어지기도 해요

나는 무릎을 끌어당겨요

신발도 없이 자꾸 벋나가는 생각

내 발톱을 깎아 땅속에 묻어요

잔가지는 창밖만 바라보고 있어요

— 「아무렇게나, 쥐똥나무」 전문

시의 화자는 모든 억압이 사라지고 없는 자유의 상태를 꿈
꾼다. '쥐똥나무'인 '나'는 "아무렇게나 피고 아무렇게나 흐드
러"지며, "길바닥에 퍼질러 앉아 아무렇게나 울어도/ 아무도
쳐다보지 않"는다. 타인으로부터의 철저한 자유와 무관심의
상태다. 시인이 쥐똥나무를 통해서 세계의 규율로부터 자유
롭고자 하는 이유는 여러 가지가 있겠지만, 이 시의 문면에
서 확인할 수 있는 것은 "고삐 풀린 생각"으로 추정할 수 있

다. 시의 화자는 "고삐 풀린 생각"으로 가득하다. "고삐 풀린 생각"의 시적 화자는 쥐똥나무처럼 "아무렇게나" 피고 "아무렇게나" 흐드러진다. 하지만 시의 화자가 사는 "여기"는 "나무/ 뿌리보다 깊은 어둠이 사는 방"이다. 나무뿌리는 흙 속 깊이 박혀 있어 그 자체로 억압과 부자유를 상징한다. 흙 속 깊이 갇힌 나무의 육체는 쇠약하여 "기침"이 "마른 잎에서 툭툭 튀어나"온다. 시적 화자의 상상은 부자유와 억압을 벗어던지는 데서부터 시작한다. 억압의 방 "창문 밖"에는 "뿌리들만 걸어 다니고", "발이 많은 말이 사방팔방 뛰어다"닌다. 시적 화자 '나'는 비로소 "가만히 주저앉아/ 고삐 풀린 생각을 동그랗게 빚"는다. "신발도 없이 자꾸 벗나가는 생각"을 주체할 수 없는 쥐똥나무의 삶을 시적 화자는 꿈꾸고 있는 것이다.

이 시집은 여전히 이 세계를 지배하는 동일자적 사유의 폭력을 넘어서고자 하는 시적 기획이다. "나에겐 걸어도 된다는 면허가"(「적도에서 온 남자」) 요구하는 세계, "여자 얼굴을 익반죽하는"(「맨홀」) 남근주의적 폭력이 자행되는 세계를 넘어 모든 개별자들이 "제목이 있는 블라우스를 입고/ 무릎이 나온 문장에 밑줄을"(「연꽃잎의 소매를 단 블라우스」) 그을 수 있는 세계, "각자 주어에 밑줄을 긋고 자신에게 질문을 던"(「모호로비치치의 연설문」)지는 세계를 소망한다. 그 세계는 "최소한 같은 곳을 보고 잇몸을 드러내지 않아"도 되는 세계, "담벼락을 넘어가는 능소화"(「가족사진」)가 마주하는 세계다. 시인의 시는 "누수를 앓던 방"(「나의 우주선」)을 벗어나 그러한 세계를 견인하고자 하는 발랄하고 모던한 시적 고투라고 할 수 있다.